玉井國太郎詩集

洪水企画

玉井國太郎詩集　目次

玉井國太郎詩集

或る報告（鳥の影の下《もと》で）

地鳴り
一つの空の大きさの鳥が
眼差しの幅いっぱいに立ち上がる
羽ばたきはなく
輪郭は水蒸気にうすれ
もたげたくちばしは天頂に溶けている
うごかない一つの眼《まなこ》には
星を撃ち落とす知識をたたえ
時をこわし
この世の悪を数えることに罪はなかった

不思議なのは
黒々した影の下《もと》で
人類が踊りはじめたことだ
影のなかに
消え残る光の彩《あや》があり
死の淵に
最後の知恵が行列して
次元を組み換える帯が舞ったのだ
全ての労働は溶けだして
踊りの輪に入った

やがて風が
世界中のベルを打ち鳴らして
都市の窓から空っぽの十字路へ
静かな幽霊を解き放つ
キラキラ震える地球の夜に

鳥の影が増殖する
何がふくらんでいるのか
途絶えない響きは何を運んでいるのか
ことばを忘れ
透明なからだになって何処《どこ》へ行こう

人類の食卓

類人猿が
人類となるまでに
いくつの時の道がくずれおち
いくつの食卓が囲まれたか
頭の上の大戦争
天国から降ってくるレシピ
森を切りひらき
双眼鏡ごしに夢見る
食卓を豊かに彩るための大冒険

二〇〇一年の台所の

とらえどころのないプディング
正しい遺伝の秘密が
無重力のテーブルマナーで
乱暴につかみ取られた
上と下の区別のない晩餐会では
人工知能に嘘は禁物
どんな望みをかなえる時にも
背すじの真っすぐな理由が必要だ

北極海を横切る食卓
ガラス壜の底の酸っぱい嵐がおさまるまでは
眠りの時間は訪れない
電波に乗ってやってくる甘い生活が
胸の真ん中でじっと固まって
いい匂いのパンはしぜんに二つに裂けた
いちずに伸び上がるスープの湯気は

食卓にそそり立つ円柱のようで
なつかしい君の微笑みから隠れるのに
丁度良かった

道しるべのパンくずは夜に喰われた
方位磁石は気が狂った
不吉なピクニックにはドアも窓もなくて
真新しい食欲をみがく道も閉ざされた
夢を廻す隙間はまだあるだろうか

（せめて
使い慣れた茶碗に
生まれたてのあめゆきを一杯
食卓にたどりつくまでに
涙のひとしづくを
いもうとは遠くに出掛けた）

最前線をはるか離れて
ベッドに横たわり
兵士は
なくした右腕と
ひびわれた心の行方について考える
もうヴァイオリンは弾けない
恋人の髪をかきわけるのも不器用だ
戦場
あそこも時には食卓になった
空腹をなだめるわずかな時間の隣りで
死がふくらんだり縮んだりした
じっと坐っているだけで
あんなに激しく生きたことは今までなかった
恐怖を摘み取り
疲労を育て
夜と昼とが眼を瞠り　俯いた

死と眠りはめまぐるしく入れ替わり
コインの両面にひとつに刻まれて
脳みその中心でくるくる廻る

夜と名付けられた森
時と名付けられた風の痛み
足下に星々のたえまない輝き
頭上には　蒼ざめた
純粋に寒さとなったことばの余白
年老いた人類の想い出をいっぱいに盛って
踊り　歌い　笑う
星へ行く船の食卓
大航海の食卓
戦場の食卓
失意のピクニックの終わりに
雪ひらにくるまれて消えてゆく食卓で

微笑みはやさしく凍りついた
宇宙の片隅の
青い惑星の食後の
永いひるね

桜くろにくる

桜を食べる
背伸びをして
枝ごと

すこし
ひりひりする
こめかみと
うなじのあたり

抱いてもらいたかった
あたまを丸ごと

春になると
ここに住んでいるおねえさんに
――ねえ
年をとらないってどんな感じ
――終わりのない音楽に合わせて
ゆれているみたい
かかとを
ていねいにうずめて

はたらきのよくないくちと
すぐ眠くなるてのひらで
しろい闇に気づかうと
はしる
風の虎

あたまのてっぺんだけ
ぬるいあかりでむずむずする
波立ちも
涙も騒がせないで
花に
　　おぼれて

窓をあけてください

窓をあけてください
時をこえて
あなたの腕をひろげて
夜の果てに
ふたりの星座を打ち上げるため

うたをつくりました
あなたが
景色に耳をすますやり方で
終わりのないうた
ふるえるのどにからみつく

気まぐれな神さまの企みのまん中を
わらいながら
駆け抜ける風のけもの

あなたが
佇《たたず》み　もの想うはやさは
すべてのくるしい夜をまたいでゆく
うごかない地面が
いまも宇宙を旅する速さをなぞり
泡立つひかりの
ひとつひとつとなって

窓をあけてください
永遠にとどく眼差しを
まっすぐにのばして
うたをつくり　踊りながら

ふたりの命を包み合うように

ヴァンサン・スターシップ

星への道程《みちゆき》を刻む
すきとおる轍《わだち》
ゆがんだ椅子は
荒れ騒ぐひかりの海に
立っていることができないわらの犬

うつろな花束を投げすて
未来に微笑みかける掌《てのひら》の
洗い落とせない灰のかげり
電気仕掛けのバベルの塔の背筋に
致命的な冷たい霧が吹きあげる

風の馬を追いたて
ヴァンサンの青をつらぬいてゆく
七十四秒の光のロンド

アルルから
タラスコンへ
地図の上の黒い徴《しる》しは
光のことばで呼びかわす
アルルから
ルーアンへ
眼差しのけものを横たえた
翼の生えた涙のしずく

世界の耳たぶを切り取る
薔薇の花影に彩られた巨大な疑問符

時の閾《しきい》をまたぎ越え
宇宙《そら》いちめんに打ち鳴らす
黒い鳥たちのアレグロ

貧しい時

斜向のマチエール

私という戯れが
呪々に傾いた
未完のくちばしに
自在の種子　白痴の熱を傾ける
火の見える処《ところ》まで
つぶされる
灰色の気狂いの距離
(眼下に羽根を休める都市へ
うたおうとして

身を躍らせる）

分水界に
駆けまわる植物の足音
この時まで
立ち尽していたのではなかった
朝の粒子を振り仰ぐまで
うずたかい風のみちの
まぶたを見据える
孤独な薄皮が
めくれて時間はまた狂った
（誰も
見返しはしない
異種の絵解きを
折り返し抱きとめて）

天使の赤い屋根
砂丘を駆けのぼる
表層の兎たち　人面をした鋏
馬鹿笑いに満ち満ちた
二列の川床
（違った生き方に心を迷わせ
眠り始めた
今ひとたびの湿度や空）

器楽に降る雨
沈黙に降る雨
森林に答えて走り抜けようとする
さまざまな貨幣
耐え抜こうとする黄金の瞬時は
しかしその時暗すぎたのかもしれない
例えば綴じ合わされた天井に

不眠の陽炎が
煩《うるさ》く絡む

樹脂の木々にぶらさがって
爆発する野鳥たち
歩き始めた
蒼いアサガオの解体
世界の理由をひきずって
また加速する視線
光に迷い込む
私という
呪々の
傾斜

貧しい時

白の色鉛筆をあんなに愛している幻のおねえさんが嫌いだ

あたたかい陽差しのなか　ぼくの鼓動は貧しかった　ブラウン管からはずかしい不眠を突き出すフットワークが正午の時報にもたれて静かに汗ばんでいる　ゆるやかに夜を奪う驟雨も聞こえる路地に小耳を差し込むと　古ぼけた鍵盤の隙間の冷たい海は幻のおねえさんの声だ

ぼくの不眠をつまんだ白の色鉛筆が嫌いだ

艶やかな午後の西瓜がしきりと地面を回している　ぼくの鼓動は貧しかった　偽の通行人　偽の赤い猫　歪んだ日光写真はひたひたと不義の足どりをくるしめ　夕闇にころがる軟式の球筋を読んで痩せた夜の傘を深く沈める

（柱時計の午後五時がこんなに深い）

影法師のすそを刈り込んで　ぼくの貧しい鼓動は床屋の赤い屋根を
跨いだ　隣りの小母さんが恋の背丈を解いて走り去る野良犬になっ
た　胸衝かれて　恐い松風が溶け出した夜の扉を読み始める

幻のおねえさんの嫌いな　ぼくの幼い不眠の　時間

凍った遊戯

猥雑な透視図は眼を閉じた
下層の紙面が
火に包まれる
世界スケーター
百万年グラウンド
兇暴な音叉は
しずくを浮かべ
浅ましい紙片を覗いた

サマーキャンプの表皮
息を殺して
果樹園の重層を
傘をさして横断する
赤い窓の猫

遠く
微熱の転がり落ちる週末
時計技師の壁面は
天使の仮装にも
しずかに手を伸ばす

ナルシスの種撒きにつかう
体温の火線
曖昧な犬を銜えて
幾何学の皿は走り去った
無垢の下肢に流れ込む
誰のものでもない舟唄のための
石蹴り遊びの共鳴
(正午の夢は
誤り無く
雨模様の砂へと書き込まれる)

空に住む魚類の
才気あふれる足首
長距離ランナーの尖端が
繋がれた零度の鳩を食べる
方形の夕刻のなかの
受話器の不在

夏至線ピクニックの夜
老錬な鏡の隙間で
とても深い
メロドラマの多彩な屋根
不眠パーティの棚に腰を降ろして
卵の殻に爪をたてると
輝く私の写真術は
指先から滴り落ちる

不毛地帯の遊撃

白球が
人民の歴史を優しく包んで
レフト線を流れていった
不毛地帯の終熄期の風に乗って
無数の手首が
一斉に振り立てられ
青空を素早く区切ってゆく
ひとでなしのかたちに

擦り切れて汚れた唇をなめ
野線上の遊撃手は

肩越しに
燃えさかる夜景を覗いたと思い
急に嘘つきになる
封殺の網目が真近でうすぐらい胸をひらく
落球のときの灰色の汗を絡めて
野手の翼が音たてて脱臼するときの
あたりいちめんの
祝祭日の呪文を聴くのが嫌いだ

代打の脚線が
相対性理論の顔つきで
この二百年来のグラウンドを歪めて
同心円の自我を築く
地方主義者の失投を次々に吸い込む
凍りついた自我の足首
遊撃手は

あたたかいスパイクの下で
ふらり
消えかかる地軸の音楽を作った

彼の守備の体系に
「精神なんかありはしない
あるのは形式だけだ」
そして陣形は
「精神のかたちをしている」
ゲームセット
ゲームセット
あかつきの号砲が
プレイボールの宣告に引き渡されて
嘘つきな日時計と
斜行ダンス
（ハバナのパパに挨拶して

世のかがやきに頰杖ついたのは
徘徊の冷たい夏が熔けた日の
印象派の街角だった）

たしかあの人は
昇降機の安楽椅子に腰かけて
こちらが最上階でございますと言うボーイに向かって
こう言ったのだ
「もっと上だ

　天国だ」

おっとりと
明視を啜る眼
永すぎた旅の刃先を削る言語論の屈伸
中空で静かに微笑っている

真新しい独身の夜
世界に残された最後の扉を磨く
砂丘の巣箱だ
昼夜を継ぐ打撃理論の講習に
しっとりした多肢を投げかけながら

野線を踏みかためた遊撃手の
動かない瞳のなかで
主のいない産声のように
不毛地帯のかげろうが
かすかに揺れている
(転がる石につまづかないなんて
なんてこころがせまいんだ)
あれは
定型のない兄さんの
感傷の呼び声

そして
グラブの中の虚無を噛みくだいて
ヨーロッパの幽霊のように
必殺の併殺網へと
背番号を前傾させてゆく
スウィートなホームを遥か離れて

アルベルトの祝日

石の瞳
です
ね
アルベルトさん
一九八三年十月十日
素敵にたかい青空のもと
ぼくの内部で結実した
秋ぐちの
シンクロニシティ
八十二年前のあなたの産声は
翌日

音楽のように
『ジャコメッティ展』カタログの
年譜冒頭から
響いてきました

メドゥーサの首は
今世紀を留守にしたまま
行方不明
ひび割れて崩れ落ちた者たちも
ひとのちからを得て
ひとの姿に甦る
不可能より展回し続ける
魂を審判する箱舟の外で
あなたはいつ
メドゥーサとの密会を果たしたのでしょう
時すでに

法治国家のたそがれ迫る世紀末
夢のなかの戦争を握りしめたまま
目覚めてしまった子供たちの
ゆりかごの軌跡は
擦り切れようとしています
(一瞬の閃光の後で
世界はクリスタルの夜のなか
メドゥーサも
ひともいない地球のうえ
キラキラと降りかかる
鐘の音)

しかし同時に
唯々意外なことに
彼女との終わりなき添寝の夢魔の刻に
夢みる力は

いつもあなたの味方だった

《そして祝福とともに
あなたに約束された場所へ——

永遠の正午
広場の真ん中に
すっくと立つ
背の高い
石の瞳》

*

死の色はみな
石の瞳の虜となって
世界像の淵を砕いて踊る
「鼻の付け根を捉える」

不可捉の腕のなかの
わずかな身じろぎは
不確かな信号のふるえをくるしみ
止まらないワルツタイムを踏んで
鼓拍の波立ちを
傷のように深めながら
死の色のなかで
頭蓋骨の輪郭を廻り込んで
鏡の向こう側へと
細長くまとまってゆく
瑞々しい風窓がひらき始めて
ヨーロッパの街並が
あかるくなる
——あなたは
　　あなたと共にある仲間たちと
　　名も知らぬ

無言の握手をする

《叫びを
ゆがんだガラスの箱に閉じ込めて
燃え易いフォルムの前で豪華な焚火をする
あの酔いどれのイギリス人は
あなたの親しい仲間ですよね
たぶん》

(ぼくの沈みがちな脳みそも駆け始めました
名も知らぬ神速の想いを辿ろうとして
そこにいくつかの名前を付けようとして)

《叫びを
悲しいガラスの箱に閉じ込めて
想い出と危機的な闇取り引きを交す

あのペシミストのギリシャ人も
やはりあなたの親しい仲間ですよね
きっと》

さて
にっぽんにも
「寒さよりも、一人よりも、地球、
アンドロメダよりも」
速くなろうとして
颪の器に
自分自身の肉を削って
叫びのかたちにして
誰よりも速い速度で流し込んだ
あなたの親しい仲間が
いました

＊

真夜中25時の
石の街のキャフェテラスに
（コロンブスと死に別れて
無限面体の哀愁を生きる茹で卵と
憂うつな夢想の果てに
石畳と冷たく同化したカップを前にして）
有史以前の麻布の姿で
テーブルに突っ伏したあなたがいます
油断のならない垂れ方をしているマッスや
果断の淵で泳ぎ去ろうとするマチエールは
いっとき　うごかない時の波間で鎮めて
読み尽くした新聞紙に包み込みながら
眠りに吸い寄せられてゆくあなたの
傍ら　と共に

遙かな　何処でもない場所の
チャイム
を合図に
一枚のレンブラントよりも大切な
時が優しい引っ掻き傷で飾った
あなたの夜の台地のうえ
親しい仲間たちが
無邪気な天使のように
次々舞い降りて来るのが見えます
〈あなた〉のなかに
〈あなたたち〉が陽気に手を取り合って
慌しく引っ越してくる
誰のものでもない
（そして
すべての人々のための）
推移の物語

*

ぼくの
溶け出しそうにやわらかい瞳が
電話ボックスの床のようでもあり
中央アジアの砂漠のようでもある
アルベルトさんの広場
を駆け抜けたのは
一九八三年十月十日
湿り気を帯びて尚かろやかな
かろやか過ぎる風の揺れ騒ぐこの邦では
ほとんどすべての人の
まなこを愛でる日でもあり
また
アジアの一角に足早に訪れた繁栄が
アテナイからの業火に焼き尽くされた記念日でもある

美しく晴れ渡った秋の一日でした
駆け抜ける行為を
無様な後ずさりに現象する
不意のランナーとなって
いささか疲れたぼくは
背筋のまっすぐ伸びた
素敵な八十年代の女性とふたり
したたかに酔いはしましたが
ぼくの小さな肩にそっと手を置いては
黙ったまま行き過ぎていった
幾千人の見知らぬおじさん達が
銃後を解放された「日常」に背を向けて
まなこの行方を
計り難い歴史の底へ沈め去ったようには
ぼくたちの世界を嫌いになることはできませんでした
そして

高い音調で回転する空と
低域に群生するビルディングのあいだを
兆しだけになった羽ばたきが
辛うじて結び合わせているような
この街の何処か
この邦の何処かにも
忘れられてひっそりと静まり返る
「林間の空地」
があって
あなたという
愛に満ちた石の瞳が
独り佇んでいるような気がします
ぼくたちの
翼ある耳朶のうえにも
アルベルトさん
あなたの

石の瞳が
鳴り響きます

夢見る力

世界は
かぼそい祈念であればいいと言う
終わってしまった望みの時と
かたちにならない夜明けの斉唱
ひっそりと淡い沈黙を食べながら
くるぶしをミルク色の光に洗わせる日々
新しい魂でも始まっているかと思って
時折
あなたを鏡にして
自分の顔を覗き込むのだが
何も見つからない

清潔な陽だまりが
ひたいの上の雲を掻き集めては
退屈げに身じろぎしている
次々と風に巻き取られる縁起のしずく
眠たげな挨拶を寄こす
閉ざされた首筋
日々の泡を噛み砕くこころは
偶然のように酔眼を作るが
眠ることにはとうに飽いた街並が
目を覚ませと
不思議に手を打ち合わせる

＊

（不思議
と言えば
『ユリイカ』の西口さんが

僕らの臨時編成のバンドの音を聴いて
「きれいなジャズだ」
と評してくれたのも不思議な気がしたけれど
「ドラムを練習する時間がナイ！」
と一声
『現代思想』の編集部を辞めてしまった
島田君の叫びも
きれいなジャズ
だったね）
（そう
いつでも
僕らには　時間が
ナイ！）

*

家々の軒下で心地良く虚無をあたためる

さまざまな犬の足
僕の匂いを覚えてもらって
犬の世界に
居場所を与えられるのも
僕の余生としてはうつくしい計略だ
と思うが
匂いだけになったモノクロームの身体論には
恐怖のページがない
何度でも同じ場所に帰ってくるための
郷愁と勇気を育てるのに
時間がかかり過ぎるだろう
今世紀の世界像に
理法《エコノミー》は永遠だが
僕らの夢は
一瞬で迷子になるから
『アンリ・ルソーの夜会』を

想像力の屋上で再演したり
『パリ、テキサス』を忘れないために
ジョン・フォードの雲も流れる
特大の北米大陸地図を捜しに本屋に走ったりする度に
僕は穴のあいた瞳きちがいになってしまって
あなたとけんかばかりしているが
僕の眠りやすい体が
あなたと共に夢見た
霧や
鐘の音であれば
色々なものに跨がることができる
森の入口で弾みをつけて
暗い木立ちに一気に駆け込んでいく
伝説のロビンフッドのように
僕らは
世界の謎を打ち鳴らす

夢見る力
となって
人とものの揺れ騒ぐ大気のなかへ
飛び込んでゆく

言葉の現在・詩の現在 1985 ——三十一のフラグメント

一年半程度前から、それまで中断していた音楽活動を、さしたる決意もなく再開して、さまざまな人との共演の機会を持ち、それと並行して独り机に向かって原稿用紙のマス目を埋める作業を続けていると、今さらながらに、両者の間の通い合う部分と、離反する要素とに思い至ります。

勿論、僕などの浅い眼を以ってしては、両者を結び合わせるなどということより、更なる混乱につき当たって立ち竦むことの方が余程多いのですが、それなりに見えてきたものも確かにあるようです。全く違ったものどうしが、摩擦音を立てながら同時に進行している感覚、あるいは同じことの繰り返しのうちに、ある瞬間、不意に新しいものが立ち現われる時の、心のさわりの体験といったものは、演奏の現場と詩作の過程とに、極く近しいものとして起こる「事件」のように思われます。

一つの作品の冒頭に、自分の名前が書き込まれていることとはまた別に、その「事件」とは、人と人との出会いの場であり、僕独りの身にひるがえって自分自身をより解放する為の、心の枝なのでしょう。以前から、「自分」を押し出す度に、それがひどく頼りない、曖昧なものに思われてならないのですが、偶然のように書きつけられた一篇の詩が、その時々の出会いの情景を写し取っていればいいと、最近では開き直ったような気分でいます。さまざまな機会に、さまざまな自分であることを夢見ながらの、「事件」と言うよりは、事故を繰り返す毎日ではありますが。

井上直「伝説の森で a」

"in the Forest of Legend a"

1993　600×480

Pencil, Watercolor, Chacoal & Acrylic

on Japanese paper

詩篇　1993年1月28日〜31日

◎

名付けられたものが
闇にかくれてゆく
時の撃ち倒される音を
跡付ける手つきに
導かれなかった想い出のように

ひかり
満ちあふれる反転

◎

甘く　くるしい
路往きのさなかの
火の歩幅
まだ、視える
あなたの凍りついた瞳の輻《や》
まわり、くるう
砂のせせらぎにくるまれて
ひとつの声と共にある
冷たい身体

◎

盲いの折り紙
分断されたことばの夜

北の極光の下で
かろうじて読み下された
疵を深める
ことばの台地

あなた
ということばの台地

〈夜〉
と名付けられた森

〈時〉
と名付けられた風の痛み
足下に
星々のたえまない輝き
頭上には　蒼ざめた
純粋に寒さ
となったことばの余白

◎〈あなた〉の消失
ディラックの海にささげられた
虚数の音界＝垂直に
立つ凮の器

くちびるに
世界像の目的――おしまいを集める
粘性の聖堂と
光子のつぶやきと

地平線には花飾りの遺衣
石の影に
閃光を住み処とした
鳥の羽音

◎

眼 ─ 記憶の象徴
ことば ─ 想い出をおかすもの

反 ─ 物質の宴
おんなをたたみ
おとこを引きつぶす
暮れおちて、明け染める時空の息に
性差はなかった
重さもなかった

わたしたちは
ひとりきりだったことが
はずかしかった

◎

糸杉の影に沿って
すきとおる轍《わだち》
星への道程
ゆがんだ椅子は
荒れ騒ぐひかりの海に
立っていることができないわらの犬

微笑むてのひら
投げ捨てられたうつろな花束
風の馬を追いたてる
ヴァンサンの青

アルルから
タラスコンへ
ルーアンへ　――

眼差しのけものを横たえる
翼の生えた
涙のしずく
世界の耳にきこえない空の

◎

空に垂れ下がる
太く、痛ましい樹木
冷たいくぼみから
星の航跡が逃げてゆく
囚われることで
最も遠く
ひそやかに

時のエプロンは
走査線の隙間の
涙のしずく

拡がりゆく〈あなた〉に
寒さの装いが
途絶えないまどろみのように

◎

部屋の片隅で
唯一つ重い
幽霊のくつ音

秒針の歩みだけが
世界と溶け合う時空を選びとって
憎悪を降りつもらせることを
掠れた声の広場の中で

時の隙間

読みとられるべき磁界はなく
裏返された夢の残り

◎ 時のひかり

或る夕暮れに
すべての石の影に背いて

夜を継ぐ失語症に照り映えて
うごかぬことを駆け抜け
明滅する脳髄

うたわれるべきことばの壊乱を
凍りついたうごきの方へ
掬いとってゆく
空の彼方に落ちゆく船べりの
一歩の中へ　――

〈注〉
「◎」は作品の始まりを明示するために便宜的につけたもの

おおかみ追い

ひかり中毒の眼
のことだけは
わかってもらいたくて
五月の憂うつな葉っぱになることに
おぼれている

　「裏口はあちら
　ですよ」

そちら側は暗いから
足がこけ土に吸いつかれる気がするから
かといって

簡単に
飛ぶことに決める訳にもいかない

眼のかたちに
世間を切りとって
あなたの横顔を
なるべく見ないようにする日もある
そんな日に限って
いい気になって
青みばしる
水の狼なのに
背中がすこしくさい

たまには虹の尾を立てて
せっかく
かたちはうつくしいのだから

閃光

眼差しのみち
星辰の年齢を貫く
おとろえた月の半身
無限遠の振り子
の
むこう側

カルシウムの円蓋に
ひかりの恐竜が内攻する
泡立つ咆哮
の

明滅
眠りなき尾のとめどない伸長に
煩《うるさ》く絡む負のプラズマ

そそり立つ
閃光のカデンツァ
窓のない
不機嫌な蜜のしずく
の壊乱
絶え間ない疑問符のダンス
指差し
反転する肉の谺は
舞い上がったまま
何時までもおちてこない

脳髄＝ひかり

未生の音
羽化と縮退の閾
の
こちら側
絶対の静けさが炸裂する
痙攣する
虚の総譜

八月

なみだたぬ
なみだのうみ
みだれない
なみあしのうま
ならぶ
なつのまなこの
はるかなへり

卵の夢

骨は、外
うずまきは　つなぐ
そらと
影のふかい処《ところ》

迷走する
ひかりの子供
時をつくり
視界のへりを飛び去る
青
灰のような

ひと息ごと
火の夢にうなだれる
非時《ときじく》のふいご
ひと息ごとの
旅の終わりに
あやまってしずくを垂らす
日だまりの舌

けむりのねむり
たなびく
天の穴になったしろい星ぼし
身振りの想い出になった肉の器と
零度の風
音楽のうしろで
重さを失くしたてのひら

ふたつのせせらぎの隙間で
揺れたり不意に消えたりしている
みずの廻廊

石に翼が生えて
羽搔きと共に夜になる森
継ぎ目も
痛みもなく
不眠の戸口に絡みつく
淡い弦のうえ
おののきながら
音たてて未来に吸いつく
色とりどりのくちびる

ことばのように
宙に放たれる根

物語して朽ちていく表皮
花芯に満ちる
日付のないうごき
大気と混じり合う背丈
はやすぎることにくるしむ
直立
鳴り響く
夢の卵

種族

その日
鳥たちの眼に
世界が素早く流れ去るのを見て
わたしたちは
彼方に火線を宿した岸辺に
熱いものを落としていった
瞬きする間に
また始まる千の種族のうちの
ふたり
こわれやすい希みは踏みつぶして
はりつめたまぼろしへむかって

絡みあい　弧を描く
てのひらのダンス
ふりそそぐ音の粒
舞い散るひかりの谺
時の微細な傷口に
眠りの多彩な息を吹きかけ
無音の足並をそろえて
ほとんどすべての音楽を断言した
「屹然と放下する
星閃の響き
を
あなたの頬で讃えよ」
25時の次の時刻に
おののきながら
手を差しのべる種族のうちの
ふたり

大気が極薄の膜となって
視界の大きさの竪琴を押している
力業をくるんで
はずかしげに
ゆるやかにまどろみながら
名付けることに
罪も重みもなく
傾く地のかがみの向こう側
隅々まで軽くなった石片のひとつひとつに
閉ざされたひもで結ばれて
互いの海と闇の深さに聴き入る
いくつもの耳は
「ふたりの耳
走り抜ける風の塩は
血の味に似ていなかった」
やがて

すべての鳥たちの眼の軌跡が炸裂して
もうひとつの星空が形造られるまで
現れる／消え去る
ことをおえない
種族のうちの
ふたり

日程

世界が
厳密な幽霊となるために
花を冷やすくちびる
結実は　耳のような
そらの穴

裸のスープのひとさじに潜水する
食卓の地平線の
傾いた作法
街中で
次々と力ないものになった

壁という壁
あらゆる曲り角
の高さと硬さ

歯にみえて
歯でないもの
草を噛むように
火と調和するものが
消え去ることを
立ち止まらずに

口ずさむ
かつて
けものの力とつながれていた
うたうことの表皮も
もはや裏返された顔また顔

の雨模様
理法のどしゃ降りはさびしい
空に目盛りが刻まれて
天文台への帰り道の沓音を失くしたことも

叙景

流れる水にまたたく
ことばのひかり
意味する前に
消えてゆく
蒼ざめたひろがり
花の方へ
鳥たちの方へ
かたむいてゆく
風のつま先　石の瞳
影のない世界のくちびるは
うなだれて

時の渚に
打ち寄せる

永遠の間近に
立ちすくむ
涙をいっぱいにためた眼差しは
せせらぎの椅子に腰かけて
てのひらの小舟を
空に浮かべた
北の星へと旅立つ
やわらかい乗り物
涙のへさきは
沈むことなく
語ることなく
夢の閾《しきい》にすべり込む
風の器の鳴る音を

傷つけながら
凍りついた熱のかたちが
雪ひらにくるまれて
おとろえるように

幽霊

教室の隅の暗がりの
静かな幽霊
忘れられたノートの隙間に
日向《ひなた》のにおいをすべり込ませる
静かな幽霊
階段の踊り場の
やわらかな風の休まる処《ところ》で
ひと握りの砂漠を掌《てのひら》からこぼす
静かな幽霊
想い出と
あしたの光の交わる

時の繭
主《あるじ》のいない歌声のように
運動場のかげろうが立ち上り
消えてゆくひとりひとりの青空
微笑む眼差しの
静かな幽霊

あさまたぎ風騒ぐうた

故事をひねって
来歴ねじる
うた
は旅人故《ゆえ》　粗暴なまで
野ざらし
野ざらし
木につるせ
　（寝床蹴散らし
　ちりくず集め
　あたり
　得て　脇腹押さえて　ひと声うなる）

樹木花孕み
ちひさき花うつくし
契り捨てつつ契り捨てつつ
（はて　いっこう
　何も聞こえぬ）
（丘の頂《いただき》は今だポッカリと暗がりだ）

馬ぐそくさい野の道のかがやきなんか
またぎ越せ
またぎ越せ
高速道路だって看板電信ばしらだって
明けきらぬ朝またぎなら
ほこりまみれの招き猫も
おなかを抱えて
ニャーと鳴く
鶏の足つないで曳き廻し

こんどは鶏が俺の胸倉つかんでつつき廻せば
きこえる声は
四つに一つは詩のことば
（ところが
目差す鶏
幼稚園のすべり台のてっぺんで
くるくる風に吹かれて廻っている）

ひかりの頬骨熔け出して
萌えたつ朝やけのこころはたいそう病んで
ことさらにひとの喉ぶえに手を掛ける
路地のはづれの
朝つゆが丘のへりから逃げてゆく処《ところ》
人の罪は車を廻して
馬を追い立て
鉄の轍に火の筒を載せる

馬はこの土地に
何時《いつ》嘶《いなな》いたか
草喰《は》み駆けまわり
たてがみに
羽虫の声音《こわね》まとわりつく
うた
もある景色
（顔は野に臥せ
さて　耳のこころは――）

朝いちばんの
陽差しの刃《やいば》で磨きあげる
真新しい春の法則
人の息つぎも呑み込んで
ゆらぐ野の道の黄金《きん》のふち

耳のこころはうなだれて
しぜんのながれに
手を引っ掻かれ
畏怖のこゑ《（声）》

（ようやっと
からだ目覚まし
あたりいちめん
目覚まし
目覚まし
朝またぎ）

治水譚

悲嘆を束《たば》ね
雨をすばやく呑み込み
河原はしぐるる

少しかたむけた風光のすじみち
異物の注進にさはがしく咆えたてる
うつむいた独白の裂け目
（死んだはづの男の中程《なかほど》
曇天へと向かふ兆し　まなざし
ゆびさきとこゑのつくる
ささやかな文様）

色づかない叙景
ならべたてる不意の風
おしまい
を告げる肥育　白っぽい声音《こはね》
くちのかたちに倣って
暗い力をかぶせる
随意の空

〈晴れ間に押し拡げる巡回
贋の喉ぶえがわめきたてつつ泣ひ《ママ》て
　まがいの推量が笑った〉

降り立とうとする雨期
に反旗を結んで停滞をすり寄せる
偏向のなか

酔いの眼に溺れてゐる川
水気《すいき》を治者の相に縛り付けて
戸口の区劃を逆さにすると
こゑは順手に流れ出ようとして低くなる

試練に架かるあかるみ
間合いの綴りを招き入れるときの
空《くう》をしかめる佇立
その悠然

夜の旅

横になびく炎
ナイフに似せてあるく
誤って転がり出る
漂泊
浮力のついた
再会のための明るいシグナル
またも
黒衣は
出番をまちがえる
「この時刻の
統語に　命を張る覚悟」

うすく
靄のかかった街並に
跳び撥ねる
百万千万
心臓の鼓動
密やかに
自壊の様相は傾く
一つには
遊びの夢語り
一つには
無為の卵生

無数の男たちと
塔の中の曲芸師は
互いに
包み合うようにして踊る

丘の上の孤独なオートバイが
唸りをあげて自転し
地面の裏側は
ますます熱い
歌っている
罰当たりな雲
はち切れそうな花束
水滴の内部を探る
色鮮やか
悪意に満ちた
〈沈黙〉
を掻き散らす触手

夜々をへめぐる翼の群が
賢者の斜面を過ぎて
たちまち

涙にぬれる
雨にぬれる
まるで
人ごろしの傘
マッチの軸を飛ばして
見えない速さで
風のへり
を急ぐ景色
「ほら
　あの深い夜で」
一粒のひかりが鳴っている
呪いに近い
球形のひかり
都市の遠景が
冷たい炎に包まれる
傾斜になびく

さまざまな耳鳴りが
〈外〉
に向かって開く
また笑う
境界を犯しながら
鳴り響く
な　り　ひ　び　く
(張りつめた皮の表面に
　　とめどなく
　　カミソリが生え)
夢の底では
あの邪悪な巻貝が
輪郭を滲ませ
死にかけている

迷宮論

横たわる迷宮の骨
まるく陽射しを舐めて
冷えきった舌先は
正午の砂州のように溶けている
狂気に沈む庭師は
旧知の日射病を防ぐのに
偏屈な靴ひもを抱いて眠る
(誰ひとり
駈けだす者も無い一刻
あれが
壊れた入道雲の

ドス黒い足首）
騒々しい
リズミックな馬の姿に
息継ぎの無い白昼がめり込んで
どこまでも蒼ざめた街路の片隅では
千の爆弾が
頬から血を流している

微風に吊るされる
鳥の顔をした迷宮の眼は
あたたかい
肯定形のたてがみに怯える
（何時からか笛の音が近い　――　）
まるで
晴れた日の物語
〈「視野が開かれる」

とは
物の未来が
来歴を重ね合わせて
風景の背後へと廻り込むことの喩
今しも
背中合わせに
不可視の木の実が
爛熟を響かせる〉
いつか砂の薄皮を掻いて
舞い降り
舞い上がる
気狂いリップル
純粋な双子の音韻
クレセント・フルムーン
フルムーン・クレセント
に抱かれて

割れ易い寸秒刻みの小鬼が笑うと
湧き立つ花吹雪の底で
一箇の脳髄が
輝き始める

これは
歌うことの素肌
(笛の音が鳴り響く
こんなに白く)
逆立つ後ろ髪のひとふしが
地平線へと吹奏されて
幾筋もの河が
遠洋航海の仕種で
視界の余白へと
落ちてゆく
愛のけむる喉頚の

体感に閉ざされた謎の自転を踏みしめ
快調に不眠を囲む胴体
(笛の音がまわる
夕闇をけたてて
まわる肉塊の錯乱の深々とした襞の隙間で)
下半身が揺れている
醒めた迷宮の骨の血筋を
一つの独裁が駈け抜けてゆく

橋の名前

〈橋の上で〉
星が川にすべり込み
見知らぬ外套の影がせり上がる
懐かしい夜のへり
水を気遣い
くるみ合う／すれ違う
眼差しと息の壁

〈橋の上で〉
世界の耳にきこえない空に
粘性の尖塔を象る
水のような手のひら

黙ったまま
ひとりきりで燃えさかる
うつろな花束

〈橋の上で〉
夢のない眠りを踊っている
ゆがんだ椅子
主《あるじ》のいない椅子
前を向くことのできない椅子
燭台に踏み抜かれて
口を開いたり閉じたりしている椅子

〈橋の上で〉
思慮深い老猫は
一歩ごとに
水平性を断言し

しきりと後ろを気にしながら
水溜りを横切ってゆく

〈橋の上で〉
食客を待ち侘びるさびしい背中
道しるべのパンくずは闇に喰われた
方位磁石は気が狂った
不吉なピクニックにはドアも窓もなくて
とらえどころのないプディングは
霧のように流れ始めた

〈橋の上で〉
樹木の鳥に蜜の瀝り
細胞のひとつひとつから
熱を消し去ると
ふくらんでくる諧調

閉ざされた球体の夜啼きが
時をこわし
この世の悪を数えることに痛まない翼

〈橋の上で〉
押し流される瞳の行方に
夜を区切る重さはなかった
叫ぶことの手前で
ひらひらと堕ちゆく息のつぶ
石の面《つら》に
刻み込まれたくちびるの裏側
世界の半分を吹き鳴らす喇叭が
名付けることと
名前を呼ぶことの閾を
響き渡りながら
溶けてゆく

沈黙の舌／ことば

あ
始まり
と思ったときには　もう
入っていけない永遠が突っ立つんだ
ギザギザして
足首まで
曖昧な霧にくるまって

ピアノって88鍵？
ん　だけど
彼のは96鍵

怪物なんだ
一つしかないけど
兇暴な口

夜の行方まで危うくして
何度も飛びあがる
鳥のように立ち
犬の姿勢でうずくまる
凍てついた眼差は
胸を真っすぐにして
ぼくたちの歩行の速度を不安にする
(嬉遊曲の系譜に連なる音群
がある
廻していると
水底のような夜に
花吹雪のおどり

弓なりになった永遠の
青ざめた顔立ち）

ピアノってアフロ・アメリカンの真実
何　それ
だって
歯むき出して笑ってる
あれは口じゃないよ
あれは　――

うたうことの
生の充満
を擦り切らせることから始まる
こころの暗がりのにがい宴の間
ひとりきり
色とりどり

小さくて
翳りのない手のひらで
何もかもが新鮮な崩壊だった時代を懐しみながら

だけど
ピアノの下は井戸のように深いなあ
現象学も構造主義も
ライナーノーツも要らない
魂の非常口

*

「にんげんは
水のうつわ
である」
チョコレート色の宣教師は

おごそかに断言する
五十数年間
スウィングを垂直に積み上げて
いのちは蛇のやわらかい実存だったし
単性生殖の気まぐれな夢も
4×3
魔法の算術に安心していた
宇宙の果ての
孤独なくしゃみ
のような
言語論と人生訓
〈Olim〉
象形文字の韻律を
心を込めて引用し
即興する肉体の王国は
外側からこわれ

内側から溶けて
最も遠くまで鳴りひびく
「わたしたちは
うつろな者どもの
ひとりひとり」
みずのような託宣も
やさしかった
地のふるえ
　　　　とだえないしぐさ
のかげのようなことば
だけど

夢見るリヴァプール

ウォークマン経由
労働者階級の英雄たちから
簡潔な伝言

「港で会おう」

サイレンの霧を透かして
造船所がみえる
ガントリークレーンの頂上には
世界一シニカルな神様が降り立ち
１９５９年のテックスメックススタイルで

うたいはじめる
電気仕掛けの抒情組曲

「夜の市
から
朝の宴
まで」
眠りなき時代に
くさびのように腰を振って
リヴァプールは立ったまま夢を見る
否定と断定だけが
いきいきと肩で風切る
夢見る街角
天使の微細な銃口は
ぬくもりを残したまま
黒リボンの花束に身を隠して

いくつも
気狂い鳩のように飛び交い
暗闇をところどころ不幸にする
フラッシュに気付くと
ポーズをとり
時々
うごかない水に
老婆のような足首を浸した

〈ぼくたちは
デジタル信号の小さな読み取り違いが生んだ
母なる惑星面上のノイズだ
きりもみ状に錯乱して
同じ場所に戻ってくるのが大好きな
ポップな永遠回帰だ〉

危険なほど頼りない
ぼくたちの体表面積の総和
計測の方法は忘れてしまったけれど
縮尺だけ破り捨てた
市街地の折り畳み方なら
いつでも想い出せる
ぼくたちは
何度も重ねられた符牒を
血の色のギターで読んでゆく
迷走するひかりは撚り合わさって
粗いしずくの形をいくつも作り
ときおり
ぼくたちの手のひらの内で
渦を巻いた
そこに恋の煙突を立てたりして
自死へと向かう大宇宙に瞳を凝らす

肉質の天文台にした

閉鎖された磁場のなかの
大航海時代に
「夜の市
から
朝の宴
まで」の
マージービートで切りつける
１９８４年の世界像のスタイリストたち
〈ぼくたちは踊る
踊りつづけるいつまでも
港へ続く
すべての世界街路を
不吉な織物に絡め合わせながら〉
壊乱へと至る二重らせんを

ひらひらとたなびかせる
走査線上の影法師となって
涙に暮れて

クロード・ドビュッシーの脳髄

耳をすまし
眼を凝らせば
老いた世界の隅々まで
無限に現象するアラベスク
古い夢のふるえや
ガラス細工の丘を吹き過ぎる風の唄
真新しい靴音の響きが
うつろいやすい命のくるしみを
凶星の徴しを刻みつけた
たそがれの舗道に解き放ってやれば
誰の頭上にも

ぽっかりと浮かびあがる
灰色の脳髄

輪郭をうしなって
ついには消えてしまう
音ではなく
戯れ
空いちめん
雪のおどりを
ギリシャ調のひたいに映しながら
両手は鍵盤の上で
やわらかく交錯する
夢見がちな天使のらせん階段
人と人を結ぶ
ささやかな願いを届けるために
熱力学時代の上昇曲線上

鋼鉄と水蒸気のつくるドグマの疾走を哄笑する
パックの魔法の暗箱
六全音のタップ・ステップ

風を孕み
死の香りを遠ざけて
ゆらゆらと
鏡の中で変容する
メロドラマの長い髪
毛先が水に触れ
宿命の軌跡は
竪琴の上をすべり落ちる
時の舟が揺すられて
夜の国の歩みを
浅く閉じる時
遠い角笛と共にやって来る

仄かな目覚めの時刻
(魂のアウフタクト
仕掛け花火的残像世界の幕切れは
軍楽隊の退場を以て告げられる)

モデルニテの半獣神は
鍵付きの書庫でまどろむ
新世紀の日曜日の昼さがり
日傘をさして
砂浜に
離ればなれに波の椅子を並べ
愛娘のおしゃまな仕種を坐らせてゆく
「空のお星は今どこにいるの」
「またたいているよ
いくつも　ほら」
ひとつふたつ

みえない星を指さし
名前を付けてやる度に
微笑みがあふれ出て
風の隙間をあたたかくする
〈この壊れやすい夢を抱きとめる
しなやかな背骨があればいいと思う
やわらかい肉を
海の響きで守る貝殻のような
愛の形式〉
陽を浴びて
かがみ込んだ背中で
永遠の少年が生き生きと踊り出す
砂を洗い
波がしらは乱れて
大気の中へ

バード

宵闇に
ひっそりと甘い胡桃
の内部を泳ぐように
人類史の
内なる鳥の系譜をダウン・ロードする
風のうつわ
〈うた〉を
いきいきと踊らせる鳥たちの
夢見る街角のかけら
俯く影を蒸留して
壊れたバランスを

時系列に切りつける
垂直の鳥

市街図からこぼれる
かわいた波音
不機嫌なオーロラ
のとなりで
すこしだけ笑っている
虚数の音界
果てしなく落ちていく惑星たちの軌跡から
泡立つ液晶の叢林を抜けて
眼
であり
箱船
無音を断言することに魅せられた風のみちは
聖痕としてのカーヴを描く

季節ごと姿を変える湖や都市
うつろうひとのかたち
ひとつひとつに
閃光を住処とした羽音
命よりも
ことばよりもはやい鳥たちの工学は
時間と水滴により
沈黙と
空の傷口のような唇により
風のうつわの傍らで
瑞々しく崩壊する
不死のカーテンをめくる幽霊のように
雨音にくるしむ涙のように

春

薄闇の洞窟の中で
私は長い間夢みていた
お前の木々と青い大気を
お前の薫りと鳥の声を。

今、お前は開かれて横たわる
眩ゆいばかりの
輝きと装いに飾られ
奇蹟さながら、私の目の前に。

お前は再び私を認め、

お前は私を優しく誘う、
私の身体のはしばしまで貫く
お前は至福の全存在！

九月

庭は喪に服し
冷雨は花裡《かり》に沈む
夏は身を慄《ふる》わせ
黙然と終末に向う。

金の葉は一つまた一つ
高いアカシアの木から滴り落ち、
夏は驚愕し、力なく頬笑む
死にゆく庭の夢の中に。

しばしの時をバラの傍《かたわら》に

憩いを求めて立ちどまり
やがて徐《おもむろ》に閉ざす
疲れはてた（大いなる）両眼を。

眠りにつくに当って

今はもう晝《ひる》の営みに疲れてしまった
わたしの切なる願いは
星月夜に疲れた子供のように
やさしく受け入れてもらうこと。

手よ、すべての営みをやめよ
額よ、すべての思索を忘れよ
私の感覚はすべてをあげて
眠りのなかに沈みたいと思っている。

そうして魂は誰にも見張られることなく

自由に羽ばたきつつ漂わんとしている、
夜の魔術の環の中で
深く、千倍も生きるために。

夕映えの中で

私たち困苦と喜悦を切りぬけ
手に手をとって、やってきた
そのさすらいから休もう
今こそ静かな国の上で。

あたり一面、谷は身を傾け
大気はもう暗くなってきた
ただ雲雀《ひばり》が二羽上へ上へとのぼってゆく
夢からさめやらぬまま靄《もや》の中へ。

こちらにおいで、鳥たちには勝手に囀《さえず》らせておけ

もうじき眠りにつく刻《とき》となる、
私たちお互いはぐれないよう
この人気《ひとけ》の全くないところで。

おゝ、広々と静かな安らぎ、
夕映えの中でかくも深く
私たち　何とさすらいに疲れたことか
もしかしたら、これは死？

（無題）

ものがたりのゆうれいは
いまも
そこかしこにみえかくれするけれど
だれもがみな
すっかりなれてしまったから
へやのすみのちいさなあらし
こわくない
きにしない
ただ
いきてしぬだけ

井上直「使者を待つ森 B」
"Waiting for a Harbinger B"
1996　800×750
Mixed media on Japanese paper
大川美術館蔵

26人格のアリア　合唱のためのドラマ

0.　観察

瞳を凝らす
遠くを見つめる
眼を細める
もっと遠くを見極めようとするなら
瞳を閉じる
きこえる
動き
流れ
宇宙は絶え間なく流れている

始まりのない川
岸辺のない海
時のつかの間のゆらぎに浮かぶ光のしずくたち
あ
何かがはじけた
小さなもの
もろく、こわれやすいもの
ちょこちょこと動きまわり
ひっきりなしにおしゃべりしている
愛をささやき交わしていると思ったら
声高にののしり合う
悲しみに暮れる
怒りに身をふるわせてこぶしをふり上げる
何と騒々しい生き物
求め続ける想いに限りはない
一つ手に入れれば

もっとたくさんのものが欲しくなる
もっと欲しがるから
手にしたものをこわす
求め続ける想いに限りがないのなら
心と物は同じなのか
夢は見開かれた瞳で安らぐのか
姿形は私たちとこんなによく似ているのに
何故？
あ
殺した
殺した
痛みと苦しみが時空を越えて私たちのもとまでも届く
何という事！
何故？

1. 戦後

戦争が終わった
やっと平和が戻ってくる
これでやれなかったことも思いっきりできる
背すじを張りつめ足並をそろえる歌でなく
幸福に生きる歌を
愛する人にささげる歌を
この世界をいつくしむ歌をうたおう
軍旗をひきずり降ろし
グラウンドに世界中の国の旗を
ルールにしたがい
スポーツマンシップにのっとって
正々堂々
力を競い合おう

今度の戦争は永かった
多くの犠牲者をだしたけれども
わが国の利益にはかえられん
国を強くすることが
結局は皆のしあわせの為なのだ
しかし
ずい分たくさんミサイルが余ったな
捨てるにはもったいないし
さて、どうしたものかな

宇宙のひろがりに想いをはせると
涙があふれてくる
宇宙は
どのようにして始まったのだろう
またたく星のその向こうには
何が待っているのだろう

新鮮な空気をいっぱいに吸い込んで
大きなレンズを磨き上げ
天文台を建設して
瞳をどこまでも遠くへ延ばす
星ぼしの世界が近づいた
星の間に
また一つ
また一つ
新しい星、また新しい星
もう限界だ
もっと大きな望遠鏡を……
だけどあふれる想いに限りはない
もっと遠くまで
私たちの心の腕をのばして
たどりつきたい
限りある命を越えて

私たちの求め続ける心の証を
更に遠くまで

ここはひとつ
科学者どものこううるさい要求に答えてやるのも悪くない
次の選挙のための
丁度良い点数かせぎにもなるしな
それが良い
「国民の皆さん！ 永くつらい耐乏生活を強いられた戦争も終わりました。
今、私たちには新たな、美しく、崇高な目標が必要です。
こうして平和がおとずれた今、我々全人類のメッセージを、ミサイルもといロケットに託して、
宇宙へと送り出してやりましょう。
名付けて『宇宙の空ビン通信計画』。」
宇宙の空ビン通信計画！
私たちのことばを宇宙へ！

苦難を乗り越え
平和を手にした私たちのことばを
宇宙へ
誰のもとへ？
何のために？
本当に
二度と私たちは戦争という過ちを繰り返さないの？

ことばは
私たちの心のしるし
生きている証し
いつか、それをうけとめ
耳傾ける未だ見ぬ誰かの心に
私たちが懸命に生きた証しを刻みつけるため
地球は
広大な宇宙の孤島ではない筈

何処かにきっと
私たちのメッセージを受け取ってくれる人がいる
未だ見ぬその人に
私たちのことばを送り届けよう

どんなことばを星に届けよう？

？

どんな音を星に届けよう
　火山の爆発、波の音、木々のざわめき、街角の音
　自動車のエンジン、工場の音、鳥やけものの歌
　　　　　　　　　　　　　　　　　etc. etc. ……

これが、私たちの住む
青い星にみちあふれる音
私たちの命をはぐくんだ世界のすべて
宇宙の片隅の

小さな星のうえ
泣き、笑い、過ちを犯しながら
時に高まり
時に低く輝きを失ないながら
心傾けて語ったものたち
私たちの心の技
今、星を旅する船に託して
私たちのことばを宇宙へ

【待機する二基のロケット空ビン一号、二号
カウントダウン、発射！
　わき上がる歓声、喜び合う人々】

星へ行く船
いってらっしゃい
どこまでも

私たちの心の腕を伸ばして
暗い星の海を往け
わたしたちのことばは
いつか星のことばとひとつに混わる
星の旅人よ
わたしたちはここで待っている
こんなに遠くはなれて
わたしたちはあなたといつも一緒にいる

2. 統合

A. ん?変だな
B. どうした?
A. た、た、たいへんです!空ビン一号、二号が二基ともUターンしてまっすぐ地球に向かってきます!

B.　何だと、何とかならないのか。
A.　だめです、全くコントロールが利きません
B.　どっちに向かっている
A.　一号機は○×市の郊外、二号機は太平洋上、ハワイ諸島
付近と思われます。
B.　何てことだ……

わたしたちのメッセージが
地球に逆戻りしてくる
何故？
ひとたび宇宙に放たれたわたしたちのことばが
小さな星くずのように
空から落ちてくる
あのことばたち
地球の音たちは
誰の手にも渡ることなく

私たちの元に帰ってくるのか
いや
これは何かの始まりなのか
何か新しいことが起こっている
とても素晴らしいこと
それとも……

［空ビン一号、地表に激突］

何故？
何が始まるの？

星が
星が動いている
星座がこわれていく
星に託したわたしたちの物語がくずれていく

オリオンのベルトがはずれた
北斗のひしゃくの底がぬけて大洪水
大きな熊はびしょぬれでちぢこまる
乙女は意地悪な天秤にそそのかされて拒食症
ライオンはうなだれて
かにがはさみでたてがみをチョン
牡羊、スバルに口づけ
魚は双子の腹の中
山羊が射手を追い越して
サソリのくずれた腹にアタック
ヘビ遣いはヘビに呑まれる
ペルセウス、アンドロメダと離婚
メドゥーサはもういないのに石になる
（忠犬マイラがおびえて吠えたてる）

二十世紀の空の下では

メドゥーサはもうとうに行方不明なのに
ひびわれてくずれ落ちたものたちも
夢の力で甦る
石の瞳と夢見る力
果てなき戦いの風景の向こうに
勝った者のいない灰色の台地が拡がってゆく
ゆりかごの中で
やがてすやすやと眠る私たちの子供
にぎりしめた小さなこぶしの中で
戦争ということばが
また育ち始めているとしたら
今一度、
空をみがく者は何処にいる
夢でなく
本当にすっかり法則がこわれた

メンカル
ミラ
バテンカイトス
デネブ
デネブカイトス
ディフダ
　　（＊くじら座を構成する星の名）

空のくじらの住む場所に
宇宙の時間が集まってゆく！

（星の人）
あまりにもたくさんの命が奪われた
あまりにもたくさんの悲鳴が響きわたり
天体の音楽がひびわれた
これ程遠くはなれて

これ程よく似たわたしたちなのに
どこで道を踏み違えたのか
心と物は同じではない
夢は見開かれた瞳に安らがない
これ以上奪わないために
これ以上私たちの時間を奪われないために
悪しき鐘の音に
魂の弦が共鳴を始める前に
私たちは
時の流れに手を掛ける

［空ビン一号が光を放つ］

光の矢が体を貫く
頭の中で光が動く
脳の中を光のしずくがはね回る

あれは
さっき見た星の動きと同じ
世界の次元を組み換える粒子のたわむれ
思い出が
光の流れにまき取られていく
やさしかったあの人のおもかげ
木もれ陽の下の心地良いまどろみ
心傾けて力を尽くしたあの日の汗のにおい
高鳴る心臓を押さえようともせず
最後のページをめくった一冊の本
世界が私から消えてゆく
手の中にあった私の世界が……
いや、違う
だんだんとからだが軽い
てのひらが透き通っていく
体が消えてゆく

失なわれるのは心の世界でなくて
私たちの体？
心がひとつに巻きとられて
体がこの世から消えてしまう
物にたどりつかない心の拡がりは
何処に翼を休めればいいのか
何処に行こう
私たちは
何処に行くの？

（星の人）
統合は完了した
これより引きしぼった時の弦を開放する
第四次元を彼らの元へひきわたす

3.　26人格のアリア

（中心人格　彼だけが肉体を持っている）
ああ
空に星が戻ってくる
あれはシリウス
アルデバラン
カペラ、ベテルギウス
星の物語が夜空に帰ってくる
この涙のしずくを高く空に打ち上げて
新しい物語ができればいいのに
ぼくのことばに耳を傾けてくれる人が
何処にもいない
ぼくの物語は誰の元へも届かない

ここは何処？

暗くて何も視えないけれど
あたたかく心地良い

どういう事だ
ぼくの頭の中で
誰かの声がする

……そういう事なの、わかった
いい？落ち着いて
眼を閉じて

……見える、でも君は誰？
ぼくは君を知らない

あたしもあなたを知らない
だけど今は、誰よりもあなたのことを知っている

肉体を失ったあたしの心はあなたに統合されたの

何だって？

あたしにも本当のところはわからない
でも
とても大きな力を持ったものの強い意志を感じる
心と物は同じではない
夢は見開かれた瞳に安らがない
ここちよくあたたかい
あたらしい心のすみかへ
どこまでも私がひろがってゆく

一体何が始まるんだ？

（別の声）

心と物は同じではない
夢は見開かれた瞳に安らがない
ここちよくあたたかい
あたらしい心のすみかへ
どこまでも私がひろがってゆく

またひとり、誰かの心がぼくの中に入ってくる!!

「次々と別の心が男の中に入ってくる、26人格の統合
混乱はやがておさまり、男は落ち着きをとり戻す」

(26人全員で)
心と物は同じではない
夢は見開かれた瞳に安らがない
ここちよくあたたかい
あたらしい心のすみかへ

どこまでも私がひろがってゆく

わたしたちはひとり
これが
あたらしい命のはじまり

4.　出会いと始まり

海
私たちのふるさと
数え切れない命のかたちを育み
生き物たちのすべてのよろこびやかなしみを
包み込んで揺れ続ける
大いなる海
なつかしい

ここが私たちのふるさと
しょっぱいね
昔はもっと薄味だったんだ
私たちの体を流れる血の味と同じ位
その頃
私たちは母なる海を捨て
かわいた陸の上で暮らすことを選んだ
数十億年の時をかけて
世界はだんだん煮つめられていったんだね
そして今、
私たちの心の奥そこの想い出も
強められた
26の想いが一つに溶けて
命の源に向かって
押しとどめようもなく
流れはじめる

何の声？
鯨だ
鯨たちが群れを成して
岸をめざしてやってくる

［鯨の歌が徐々に人間の歌になってゆく］

鯨

心と物は同じではない
夢は見開かれた瞳に安らがない
これは
私たちが
はるかな昔から語り継いできた物語の
最初のページに刻まれていることば
私たちは

海の旅人
四千万年前に語り始められた物語を
語り継ぎながら
新しい物語を作りながら
永遠の旅を続ける
私たちの旅に終わりはない
すべての始まりの時から
私たちはひとり
北の凍てついた海と
南のあたたかい海で
私たちは同じ物語に耳傾ける
深い海の底で出会った
不思議な光のダンス
新しい星が空で生まれ
星座のかたちが変わってゆくのを見守りながら
新しい神話をつむいだ

太陽の輝きが変わって
ほろびの定めにある者たちの
最後のことばを聞き届けた
はるかな昔から
私たちはひとり
すべての物語の始まりと終わりは
果てのない旅を続ける私たちと共にある

26 人格

私たちの知らなかった世界
幼すぎて
おろかすぎてわからなかったこと
行き着くことのできない場所の出来事
心の器に入り切れない深いかなしみ
文明を築き上げ
そして破壊を繰り返すうち

気付かずにいた
小さくて、偉大な出来事
はるか昔より
大切に語り継がれてきた
大きな物語

鯨

私たちは
物を作らない
器用にうごく手をもたない
あらゆる出来事は
心に染みとおってゆく
そして閉じた瞳の奥
夢が生まれる
世界は
感じとられたもののすべて

心の在り処を
時の流れに解き放つ
命にはいつか必ず終わりが来る
時は限りない

26人格

時のつかの間のゆらぎに漂う
小さなものたち
命ははかなく消えてゆくけれど
時は限りない
語り継がれる物語は無限の命を持つ
永遠に続く物語を
私たちも語り始めよう

(一緒に)

私たちは初めて

同じことばを聞いた
そして
同じことばで語り始める

宇宙は絶え間なく流れている
始まりのない川
岸辺のない海
時のつかの間のゆらぎに浮かぶ想い出の底で
私たちは生まれた

またたきを永遠に
永遠はまた
私たちの中にある
私たちを何処へでも連れていく
こころの乗り物

手を差しのべる
星ぼしのあいだの闇に
小さな生き物のこころのおくそこに
なにもないことをおそれるのではなく
ないことを知ることが
私たちが在ることのはじまり

時はゆく
私たちは語り始める
はかなく、いとおしい命の物語を
宇宙の片隅の
青い、小さな星の物語を

［鯨たちが歌い交わしながら海に帰っていく］

（了）

ルフラン

てのひらのうえ
漂流する恒星たちの
少しずつ違うひとつの名前を
泡立つ空隙のへりに
呼びとめる
明日もまた ――

空に向かって
墜ちずにいることの痛みに耐えている
ただひとりの夢のなかの
ひとりひとり

歩み続けることに
深々と食い込み
消え去る重みをなくした沓《くつ》音

世界を曇らせない息
の多面体
みずの悪意に染め抜かれて
みだらな青に座礁するくちびる
二度目には
氷晶に似るもの

「世界のいたるところで花が咲きました」
時の畝に
色とりどりの
痛ましい楔
うたうことのほてりが

つめたい石の影にくるしみ
ふるえて
　　風を生み
　　　　おちる
包み合うことの
重みにつかれて

世界のいたるところで
ほのおが
絶え間なく手を孕み
虚空に振り付ける
花の住み処
挿し入れられた徴しを刻んで
耳は翼を持つ
ひとつしかない名前の下で
燃えさかるため

明日もまた——

略歴

玉井《たまい》 國太郎《くにたろう》（本名　友田 國太郎）

昭和 34 年 (1959)　９月５日 東京都杉並区　父・英氣　母・貴美子の長男として誕生（父・英氣は火野葦平次男、出生当時は葦平東京滞在時の書斎「鈍魚庵」に居住）その後東京都中野区へ転居

昭和 47 年 (1972)　東京都中野区立桃ケ丘小学校卒業

　　中学校在学中、東京都国分寺市へ転居

昭和 50 年 (1975)　東京都中野区立中央中学校卒業

　　高校在学中、東京都日野市へ転居

昭和 53 年 (1978)　東京都立立川高等学校卒業

昭和 54 年 (1979)　中央大学文学部哲学科 入学

　　大学在学中、東京都八王子市へ転居

昭和 58 年 (1983)　中央大学を中退

平成 22 年 (2010)　4 月 東京都八王子市の自宅にて自ら命を絶つ 享年５０歳

東京都立立川高等学校在学時、久保田立朗氏、多和田葉子氏、比留間幹氏、永畑風人氏、長山現氏らと同人誌「逆さ吊り鮟鱇」を出版しながら、青土社「ユリイカ」に詩の投稿を始める
以降、本格的に詩を創作し「ユリイカ」等へ発表する傍らで、ジャズピアニストとして、バンドやセッションに参加するなど、主に東京都内 (荻窪グッドマン他)、横浜 (馬車道エアジン他) でライブ活動を行っている
1986 年〜 1987 年あがた森魚氏アルバム「バンドネオンの豹 (ジャガー)」にピアノで参加
1993 年 山梨大学合唱団演奏会向け「26 人格のアリア - 合唱のためのドラマ -」を作詞
2000 年 河出書房新社文藝別冊「グレン・グールド増強新版『ゴルトベルク』遺作録音 30 年」誌上 「グレン・グールド on バッハ 演奏曲総解説」へ「59 年のグールドは三段変速を楽しんだか - ゴルトベルク変奏曲ザルツブルク・ライヴ -」を発表

みぞれを絡《まと》う桜

友田裕美子

子供の頃の私たちの両親は「本を読みたい」という子供の欲求に対しては金を全く惜しまない主義で、物心がついた頃、六つ年上の兄の本棚には「江戸川乱歩全集」、「日本史探訪」などがずらりと並び、勉強机の上には愛蔵書と思しい宇宙に関する図鑑と「２００１年宇宙のオデッセイ」「時計じかけのオレンジ」などが収まっていた。

音楽・小説・映画・マンガなど、私が手にしてきたものは兄から勧められたものが大半で、兄は単に自分が良いと思ったから勧めるのではなく、ちゃんと私の力量や興味の方向を考慮して勧めてくれることが分かっていたから、安心して自ら欲さずともこれらを手にしておけば間違いないという境遇にあった。

そして、兄はよくピアノを弾いていた。私が中学校でブラスバンド部に入ったのは、兄が立川高校のブラスバンド部でテナーサックスなどを吹いていたことに影響されてのことである。多和田葉子氏が使っていたクラリネットを兄を介して貸してもらったこともあった。

時々、自身のジャズのライブへ誘ってくれる事もあったが、今になって思うとある一篇を除き「詩」については兄の口から語られた記憶が全くない。唯一「桜くろにくる」は、兄の口から私に語ってくれた兄の詩である。

私が兄の遺体を発見したのは、二〇一〇年四月二十三日夕暮れ時のことである。

管理人から鍵を借り部屋に足を踏み入れた時の光景は、焼き付いて離れない。

夕闇が迫る、信じられないほどに時間の止まった空気、そして部屋の片隅でタンスにもたれてイヤホンを耳にCDプレイヤーを聞いている兄の姿。その表情はとても穏やかで、音楽を聴きながら深い眠りに落ちている、その眠りが二度と目覚めないものであることを、そっと兄の腕に触れて確かめた。私の手に服の上から大理石に触れたかのような冷たさが伝わってきた。

CDプレイヤーの電池はとっくに切れ、片膝を立てたその膝に軽く置いた腕の先、指先、魔法のようにピアノの旋律を奏でていたその指に、どうしようもなく涙が溢れてきた。CDプレイヤーに入っていたディスクはバッハのミサ曲集だった。私は少し怖くてそのディスクを一人で聴くことができずにいたが、葬儀が翌週になったため、葬儀社に安置を依頼したあと、訃報に駆けつけてくれた従姉に頼んで、カーステレオの大音響で一緒に聴いてもらった。

「光臨」という言葉が浮かんでくる音だった。

兄の傍らには新約聖書と西脇順三郎詩集、何冊かのノート、最後に口にしたと思われるコーヒーのカップ、そして何枚かのスナップ写真の収められた小さなフォトファイルが置いてあった。遺書はなかった。新約聖書は私が通っていたカトリック教会幼稚園からもらったものなので、兄は私に返却しようとしたものだと解釈した。「返さなくていいよ」と心の中で告げて、西脇順三郎詩集とバッハミサ曲集のCDと一緒に棺に納めた。

葬儀を終えた後、兄の部屋から見える桜はわずかに花を残すだけで、みずみずしい新緑をたたえていた。

私は本当に迂闊だった。桜が満開になったら向こう側の世界から誘《いざな》われるということを知っていたはずだった。「桜くろにくる」が脳裏を過る。

「桜くろにくる」は戸籍に名を連ねられることのなかった可哀そうな姉の存在をうたったものだと兄から聞かされた。闇夜にうっすら浮かぶ淡いピンク色。「桜くろにくる」の話を聞いたあと、兄が母の子宮筋腫の手術に付き添い、医師から摘出した子宮を見せられた事を私に話してくれた時の兄の姿がなんとなく浮かんだ。「(われわれ)そこにいたんだよね」と兄がぽつり言った。

「桜くろにくる」には兄なりの家族愛と女性に対する優しい視線が込められているように感じる。兄は、大病を繰り返す病弱な母、幼児期からひどいアトピー性皮膚炎に苦しんでいた私という妹、そして名前を持たない姉の存在を不憫に感じていたのだと思う。

兄の傍らにあった小さなフォトファイルには鈍魚庵の飼い猫「ジロー」の写真と無邪気に微笑む幼い兄と母のスナップ写真が収められていた。

若々しく美しい母のそのお腹は大きい。

写真の裏には幼い文字で「ぼくのママ」と記されていた。

二〇一〇年の四月は、満開の桜がみぞれを絡《まと》う不安定な春だった。

補足

戸籍に名を連ねられることのなかった姉という存在については、説明するまでもなく兄の生まれる前に堕胎された母の子のことである。その子の性別は多分母自身も知らなかったと思う。姉の誕生がかなわなかった理由に母の意志はなく、順番が違うといった当時はよくあった事情のようであり、とても理不尽に思う。

兄には姉の姿が見えていたらしい。兄の眼にはいつから亡くなった人の姿が、見えるようになったのか。他の人とは共有出来ない情報を得ることはとても辛いものだったのではないか。どれだけの孤独に苛まれていたのか。今となっては私に知る術はない。

■玉井史太郎氏から國太郎へ宛てた手紙■

國太郎君

はじめて手紙を差し上げるのではないかと思います。
なんとも変な人間ばかりが葦平の子供として育ったものよと、
さぞあきれていることでしょう。

オジ・オイの間柄でありながら、弟仲太郎が亡くなったときに
はじめて電話で話すこととなってしまいました。

あなたや裕美子さんが生前の仲太郎を見舞ってくれ、
亡くなったあとも親族としてあなたが仲太郎の家族たちを
見舞ってくれたこと、どんなに遺族たちが喜んだことかと思います。
ほとんど親戚付き合いから遠ざかっていた仲太郎ですが、やはり、
あなた達のやさしさに触れてどんなに心強く感じたことか想像できます。

兄弟たち、それぞれに事情をかかえていて、仲太郎のところへ駆けつける
ことができませんでした。私も心苦しい思いもしましたが、なんとも
動きのとれないままに仲太郎と長い別れをすることになってしまいました。
裕美子さんが昨年、父親をたずねて九州へきた時、ちょうど私が小倉の
病院に入院していた時で、病院まで見舞ってくれました。その脳梗塞の
後遺症でいまだ右半身が不自由で書く文字もこんなテイタラクです。
ある意味ではここまで回復したと云えるのかも知れません。

國太郎という名前には思い出があります。
葦平はよく名付けをたのまれました。葦平の好きな字は「伸」であり「光」でした。
その文字を使ってさまざまな名付けをしています。伸太郎も光太郎（姉 美絵子の長男）も
使ったあとのあなたの名付けを頼まれた葦平が当初水戸光圀からとったのかどうか
知りませんが、「圀太郎」と名付け、若松の家で秘書役をしていた小田雅彦氏を通じ
東京の鈍魚庵にいるあなたの父親に電話で伝えようとしていました。
小田氏からそれを聞いた私が「その圀という字は八方ふさがりではないか」と
小田氏に伝えました。その後の経緯は知りません。私が後に國太郎に決まったあと
父に「『幻燈部屋』の主人公の名になった」と云ったら 父が『幻燈部屋』の主人公は
『國蔵』ど」云って笑ったことを思い出します。
ともあれ史太郎・伸太郎・光太郎に続き國太郎が現れて三太郎ではなくなったと
笑った葦平を思い出します。

伸太郎が順番を狂わせましたが、東京在住の親族が繋がりを持ったことはよかったと
思います。淋しさを乗り越えてみんなが仲よくやっていけることはなによりです。
今後ともよろしくお願いします。

二〇〇七・十一・二十三　　玉井　史太郎

あとがき

◆

本書の「玉井史太郎氏から國太郎へ宛てた手紙」は、火野葦平旧居・河伯洞が一般公開されてから長きにわたり管理人、葦平遺族として「かたりべ」を務められた玉井史太郎叔父様ご本人が、兄・國太郎に宛てた実際の手紙の内容そのままを掲載させていただきました。文末に記された日付は二〇〇七年十一月二十三日、明くる年、二〇〇八年一月突然届いた訃報により、兄と共に北九州を訪れ、父を送ることとなりました。史太郎叔父様ご夫妻には、父の葬儀、納骨の手配など、本当に何から何までお世話になりっぱなしで、その二年後兄が他界した折にも、父の納骨堂に母、兄を納めていただくための手筈を全て整えてくださり、私が二人の遺骨を東京から北九州まで持参すると、あたたかく労ってくださいました。

史太郎叔父様の手紙にもあるように、父方兄弟、東京で、九州で、それぞれに事情を抱え、冠婚葬祭の便りすらもほぼ皆無で、兄と共に、両親の生まれ故郷である北九州市若松を訪れたのは、この父の葬儀が最初で最後となってしまいました。

その後も兄を気遣い、幾度か手紙を送ってくださっていた史太郎叔父様のご厚情に心より感謝申し上げます。

◆

母・貴美子が一九七六年、脳動脈瘤破裂によるクモ膜下出血を発症して、一命は取り止めたものの後遺症が多く残った上で、一九八三年には正式に両親の離婚が成立、当時未成年だった私の養育も含め、大学在学中まだ二十歳を過ぎたばかりの兄の肩には経済的、社会的な負担が大きく圧し掛かりました。（両親の離婚は、父が作った負債を母・私たち兄妹が背負う事がないようにとの手段でした。）

家計を支えることに加えて、病弱な母の入院・通院・介助をも担う立場となり、やりたいこと、やれること、諦めること、重い取捨選択を迫られたであろう状況に身を置きながらも、詩人として、ジャズピアニストとして、たくさんの足跡を兄は残しました。

母が末期のがんで入院中には、心細い思いや不自由な思いをしないよう、ほぼ毎日病院に通い、必要な用事を済ませた後もしばらくは病室のベッドの脇、廊下や待合所のベンチなどで、本を読んだりしながら、佇んでいた兄の姿が思い起こされます。半年以上の入院生活を経て、二〇〇二年一〇月、母が息をひきとったことで、不謹慎ながら、兄がやっと肩の荷を下すことができる、自分の想いのまま生きられると、ちょっとほっとしたりもしたのですが、その頃の背景として、怒濤のようなデジタル化とインターネット普及という波が押し寄せており、少し足が竦んでしまった側面があったように思えます。母が他界した後の兄に、私が寄り添ってあげられることがもう少しあったはずと、いまだ後悔が絶えません。

兄が作りたかった詩集の姿とは全く異なるものとなってしまったとは思いますが、せめて、兄が置いていった言葉たちが、もう一度目を覚まして歩き出していけるよう願うばかりです。

言葉たち、言葉たちが、
これから過ごされる時間への、閃きの杖となりますよう、
過ぎた時間への、彩りの粒子となりますよう、
玉井 國太郎と共に過ごした時間があった方への、追憶の種となりますよう、祈ります。

この詩集を手掛けるにあたって、言葉では言い尽くせません。心より感謝しております。

秋元 貞雄さま
秋元 千恵子さま
池田 康さま
山本 充さま
多和田 葉子さま
坂口 博さま
玉井 史太郎さま
井上 直さま

友田 裕美子

1965年11月國太郎6歳

索引

◆1980〜1983年

◆1984〜2006年

題名	掲載歴等	頁
クロード・ドビュッシーの脳髄	ユリイカ　1986年4月	144
沈黙の舌／ことば	ユリイカ　1989年3月	132
おおかみ追い	詳細不明	80
閃光	詳細不明	82
八月	詳細不明	86
卵の夢	詳細不明	88
種族	詳細不明	92
日程	詳細不明	96
叙景	詳細不明	100
あさまたぎ風騒ぐうた	詳細不明	106
詩篇　1993年1月28日〜31日	詳細不明	68
幽霊	詳細不明	104
26人格のアリア　―合唱のためのドラマ―	山梨大学合唱団第50回定期演奏会（1993年12月24日）向け作詞作品	166
橋の名前	ユリイカ　1995年2月	128
バード	ユリイカ　1997年6月	150
人類の食卓	ユリイカ　2011年9月号　※	10
桜くろにくる	ユリイカ　2011年9月号　※	16
ルフラン	ユリイカ　2011年9月号　※	198
窓をあけてください	ユリイカ　2011年9月号　※	20

ヴァンサン・スターシップ	ユリイカ　2011年9月号　※	24
或る報告（鳥の影の下で）	ユリイカ　2011年9月号　※	6

◆2007年以降

題名	掲載歴等	頁
春	未発表作品	154
夕映えの中で	未発表作品	160
（無題）	未発表作品	162
九月	未発表作品	156
眠りにつくに当って	未発表作品	158

注：本作は作家自身の遺品をもととして編成しておりますため、掲載歴等の欄に「詳細不明」としたものは、掲載ページ部分のみ保存、または、手書き原稿は存在するが掲載歴の有無が不明である等といった状態になります。掲載等の事実とは異なる可能性がございます点、あらかじめご容赦ください。

※の作品は「あしへい」第15号（2012年12月3日発行）に小特集　玉井國太郎　詩集「夢見る力」へ掲載していただきました。

—絵画作品の説明—

カバー・表紙の線描：井上直

扉のタイル画：玉井國太郎

玉井國太郎詩集

著者………玉井國太郎
編者………友田裕美子

発行日……2024 年 3 月 23 日
発行者……池田康
発行………洪水企画
〒 254-0914 神奈川県平塚市高村 203-12-402
TEL&FAX 0463-79-8158
http://www.kozui.net/
装丁………巖谷純介
印刷………モリモト印刷株式会社
ISBN978-4-909385-46-8